序

    일산 호수공원은 일산신도시 택지개발 사업과 연계해 조성한 국내 최대의 인공호수가 있는 공원이다. 일산 호수공원은 남북을 달리는 자유로 옆에 있다. 이는 북한 동포들에게도 아름답게 보이고 싶은 깊은 뜻이 있는 것으로 안다.

    현대식 고층 아파트 아래로 내려다보이는 호수공원은 전체면적 103만4,000㎡, 호수면적 30만㎡로 한국 최대 규모로 된 정원 같은 호수공원이다.

    1996년 5월 4일 문을 연 일산 호수공원은 그동안 수십 만 명이 즐겨 찾고 있다.

    일산 호수공원은 우리 집에서 도보로 15분 거리에 있다. 호수공원은 내가 자주 즐겨 찾는 곳이다. 보름달을 만나러 가고 초승달을 만나러 가고 그믐달을 만나러 가기도 한다. 철따라 예쁜 꽃이 피고 신록에 이어 녹음이 우거지면 한여름 '음악분수'는 한껏 무더위를 식혀 주기도 한다.

    하늘이 내린 유리사발 같은 호수를 중심으로 산책길과 자전거도로가 아름답게 조화를 이루고 있다.

    맑은 호수 가운데 세워진 월파정 아래에는 이따금 원앙새 부부가 날아와서 다정하게 먹이를 찾고 다닌다.

    산책길을 따라 걷다 보면, 동물원이 있고, 열대지방을 가지 않고도 볼 수 있는 선인장 온실도 있어서 특히, 어린이의 학습원으로 충분하다.

　그 뿐만 아니다. 화훼단지를 조성하여 매년 연중 행사로 일산 호수공원에서 꽃전시회와 3년 주기로 세계꽃박람회 등, 다양한 행사를 펼치고 있다.

　언제부턴가 조각품도 눈에 띄고, 호수공원 분위기가 날로 발전하고 있다. 이것은 아마도 일산시장의 예술행정성에서 이뤄지는 성과라고 볼 수 있다.

　산책길 옆으로 낮으막한 언덕 산이 있는데, 그 산 숲에서 산새들의 울음이 들려오기도 한다. 이 아름다운 일산 호수공원의 수용 능력 또한 수백만 명을 능가하며, 특히 국내 영화사의 촬영장소로도 각광을 받고 있다.

　또한 일산 호수공원은 유일하게 중국과 자매결연을 맺은 곳이다. 그 증표로 학괴정을 세워 놓았다.

　이처럼 아름답고 역사성이 깊은 일산 호수공원을 어찌 보고만 있을 수가 있겠는가. 부득이 시詩를 써서 남기고 싶은 마음에 이 시집詩集을 내게 된 동기다.

　아직까지도 일산 호수공원을 보지 못한 사람들에게 일단 한 번 보기를 권하고 싶다.

2008년 7월

陳乙洲

목차

경기도 일산 호수공원 시 모음

陳乙洲 詩集

지구문학

경기도 일산 호수공원 시 모음

陳乙洲 詩集

월파정 月波亭

호수공원에 바람 부는 날은
헛물만 켜고 헐떡이는 월파정 月波亭

소문난 물 속 보름달의 알몸 살빛을
아니 보는 듯 물가에만 돌고 다니는
점잖은 일산 사람들

애견들까지도 물기 냄새에
용케도 코를 벌름거리고만 다니는
부끄러워 못본 척하는 일산 사람들

아무도 모르리
자정子正이 넘으면 달빛이
월파정 月波亭의 옷을 벗기고 있다는 것을

월파정月波亭 : 경기도 고양시 일산
호수공원 수중 소재

학괴정鶴瑰亭

사뿐히 날아앉은 단정학丹頂鶴

치치하얼시市의 하늘과 고양시의 하늘을 잇는

무봉無逢의 하늘빛 아래 깃을 다듬는 부리

자매결연의 번영에

이따금 파닥이는 날갯짓

호수에 흩날리는 눈부신 학괴鶴瑰의 꽃가루

나도 친구와 손 꼭 잡고 앉아

날아온 하늘빛 술잔의 깊이로 나누고 싶은 우정友情

기승사 : 중국 흑룡강성 지지하얼시 시상 이신농
시공자 : 중국 치치하얼시 원림고 건축공 정공사
학괴정 : 호수공원 소재
치치하얼시 : 중국에 있음

호수공원 가는 길

길가에 쥐똥나무 울타리가 인정스럽게

봄이면 마음 흔드는 향수 내음

초록빛 울타리 속에 점박이 같은 하얀 꽃송이가

사랑을 눈뜨게 하는 곳

여름이면 뙤약볕을 가려주는

플라타너스 가로수가

손잡고 걷게 하고

가을이면 푹푹 빠지는

사랑의 낙엽 주단길이 웃어주고

겨울이면 은세계 첫발자국 문수를 찍어

사랑의 DNA로 복사되어 나오는 길

호수공원 가는 길은

사랑의 건강벨트

춘하추동春夏秋冬 초대하는 소문난 길이다

호수공원의 아침

눈 뜨는 부화장

밤내 쌓아 올린 꿈의 축조

햇살 물거울에 혼빛 비쳤어라

호수

하늘이 내려놓은 유리대접

선홍빛 핏빛으로 비잉비잉
햇살을 물들여

꿈을 퍼 올리는 유리대접

모공의 생기가
꽃 냄새로 피어난다

호수공원 산책로

발걸음 밀고 밀리는

주름살을 펴는 호수의 물결처럼

발걸음 돌고 돌리는

징소리 같은 혈액 순환의 파문波紋

꿈의 연을 띄우는 듯

푸른 하늘의 숨결

땀방울이 번득이는 이마 이마

근육은 수액樹液처럼 오르고

호수공원 자전거도로

자전과 공전으로
태양계太陽界 같은 호수공원 자전거도로

어린이 자전거가 쓰러지면
여울물소리로 가족들의 햇살 같은 웃음소리

다시 시원한 급물살로
눈부신 은륜銀輪의 강물줄기

시계인 양 건강 태엽으로 감는다

호수공원 백매白梅

가지마다 지난 눈 속 기품 높은 철골鐵骨에

가야금줄 조율調律하는 황진이黃眞伊의 반달 손톱 꽃잎

휘모리로 내리는 눈송이

내 가슴 솔솔 향기로 서성이다

치근대면 스러질 듯 그 눈매

여색女色에 빠지면 세상 끝이 보인다

黃眞伊 : 황해도 개성(송도) 출생

호수공원 홍매紅梅

입술에 띤 홍랑紅浪의 수절守節

호수의 삭풍 같은 남정네의 세월에

가슴 속 매듭 뜨겁게 비치는

산호빛 천리 먼 수심水深

은은하게 묻어난

내 붉은 심장으로 파르르 떨리다

紅浪 : 함경남도 홍원 출생

호수공원 청매靑梅

고매하신 매창梅窓의 지체肢體 여기 와서 맺었구나

지난 날 뼛속까지 스몄던 그 엄동嚴冬의 향기

유리 서슬 같은 내 사랑의 슬픔에도
천하태평으로 푸르스름한 가슴 북소리

그 살결 어깨 휘어잡고 나 주검으로 입술을 대보다
호반새 날아가 버린 호수공원의 하늘 끝
시방 뼈를 깎는 아픔으로 수면水面 위에 떨리는 파문이 무섭다

梅窓 : 전북 부안군 출신 기생시인 李梅窓

신록新綠

그렇게도 굳게 지키던 속살이더니

겨우내 깨진 유리날 같은 속앓이로
나목裸木의 임신이었던가

어머니의 만삭은 신춘新春의 태양太陽에
벙글거리는 떡잎 미소

이제야 신록新綠의 아기 울음

온 천하天下의 나목裸木마다 웃음 반 울음 반으로 넘실대는
위대한 어머니의 그 이름
그리도 아팠던 그 큰 고통이었던가

쥐똥나무 꽃향기

내가 호수공원에 화살처럼 달리고 있을 때
쥐똥나무 꽃향기도 나보다 먼저 내 옷에 스며들어 웃고 있다

나는 대낮부터 주정뱅이처럼
쥐똥나무 꽃향기에 취해

헐떡거리는 사냥개처럼 내 옷소매자락에 씩씩거려 보고
쥐똥나무 꽃 울타리 가에
만취 몰골로 흩어져 버린다

철쭉꽃 광장

철쭉꽃이 장미원의 눈치 보며 뽐낸

5월의 잔치마당

애견愛犬들까지 헛바닥 꽃빛으로 헐떡이며 모여든

철쭉꽃 광장

이따금 호수의 낭창거린 물바람이

꽃송이마다 향기를 핥으며 지나간다

왜 이렇게 내 가슴 속마저

덩달아 출렁거리는지

남풍南風이 호수공원을 지나간 후

남풍南風이 넌지시 호수공원을 굽어보면
백매白梅는 벌써 눈 맞춘 비밀을 웃고 있는 판

남풍南風이 호수공원을 지나갔다는 소식이 있기 전에
물레방아 뒷산 남쪽 기슭에선
벌써 개나리 한 가닥 희희낙락거렸다는 서성거림이 퍼져 있는 판

남풍南風이 넌지시 호수공원을 지나간 후
나는 일몰日沒 속에서나마 흔들리는 아쉬움으로
그 남풍南風만을 먼 발치에서 기다릴 것이다

호수공원 공작孔雀

철조망에 감금된
날마다 꿈에 보는 인도의 하늘

물그릇에 기웃기웃
갠지스강 강물소리

밖의 숲을 날으려다 날으려다
몽당빗자루로 부서진 꼬리

나는 운 좋은 그 날
꼬리를 펴고 천하를 제압하는 발걸음을 보았다

천하대장군 지하여장군 天下大將軍 地下女將軍

샛별들도 떠날 무렵

장군들의 손짓 발짓이 살펴지는 천상천하 天上天下

호수공원이 엎드린 채

일산 사람들 천진난만해서 천당이야!

발로 툭 치며 히죽히죽 웃다가 씨나락 까먹는 소리

아랫도리 옷

밤 기러기로 날려버린 달빛 나체 裸體

몸이 말라가는 비밀은 장군들의 철통 같은 소문이다

바람 설치는 호수공원

나 음악 분수대 마당가에 앉아
입바람에 보릿대 끝 앵두를 굴리듯이 분수 물줄기 끝에 내 마음 띄워
꽈리소리로 숨쉬어서 좋다

솟구치는 물줄기 끝에
내 마음 잠자리 날갯짓으로 앉을 듯 앉을 듯 날아도 보고
기품을 받고 싶어져서 좋다

삼복 무더위에 바람 설치면
상쾌한 호수공원에 와야 하리

호수공원에 바람 불면

일산 호수공원에 바람 불면
6.25의 아픔을 달래는 자유로自由路의 길목 되어
따끔 따끔 눈을 뜨고

한사코 무의미無意味한
세계 인류를 대신한 자유自由와 평등平等의 피꽃은
DMZ로 떠난 슬픈 흔적만 남겨 놓고

나는 그 물가에 앉아
호수에 내려앉은 통일의 맑은 하늘을
굽어보고만 있다

푸르름으로 내린 호수공원 하늘

호수공원은 여기 저기 앉아 있고 누워 있는
가족들의 평화로움에
푸르름으로 마음을 닦아내는 하늘을 볼 수 있다

온통 내려온 하늘빛이
눈을 은하수로 씻어서
마음은 오작교로 이어준다

평류교 옆에 내려온 수양버들 가지의 하늘에
나도 내 마음을 걸어놓고 싶다

호수공원 음악분수

돈보다 높이 사는 가족끼리의 행복치수
그 물줄기 높이

손끝이 저리도록 흥분의 물줄기로 치솟는
호수공원 음악분수

밤 은하수로 흐르려 솟구치는 색색 물줄기에
함박꽃 웃음 속 경탄의 박수소리

명예보다 높이 사는 형제간의 행복지수
그 물빛 높이

더위와 스트레스를 녹이는 원탁 음악광장
우리들은 은하수 하늘 위에 오작교를 넘는다

전통정원

대밭 사잇길로 손짓하는 인정스런 곳

아리랑 고개처럼 빨딱 넘으면
휘파람 불기에 좋은 하늘빛이 푸르다

한강 하류 평야지대 '기와지'에서
4,300여 년 전에 농사짓던 곳
자포니카 볍씨가 발굴된 표지판 아래 나는 앉아
담 넘어오는 바람 끝에
옛날이 생각난다

내 고향 사랑채 정원에서 풀 뽑던
어머니의 옆모습이 떠오르고
누님의 웃음소리도 들리는 것 같다

천 년 후엔 나 같은 누군가가 또 앉아 있을까

장미원

아침 햇살에 활짝 피는 사랑의 발성

터지는 카메라 플래시
순간순간에 취하는 향수 내음

잎잎 초록빛 드레스 바람 사이사이로 비치는
황홀한 미모

장미원은
세계를 성性에 눈뜨게 한 마릴린먼로 부활의
발광체發光體일러

호수공원 풀무질 햇살

가만히 보면 한 여름 풀무질 햇살로

호수 위 물빛이 하르르하르르 나비의 날갯짓이어라

시골 장터에 모꼬진 사람들처럼

모두가 헐떡이는 대장장이

해 설핏거려야 파장이 될 것 같다

무더위를 녹이는 물살 회전回傳꽃

푸른 하늘 끝자락 물감이 들라말라

반달꼴 아슬히 그네를 타는 소녀少女와

푸른 호수 위로 물빛이 묻을라말라

반달 곡선으로 날아가는 까치

그 사이에서 바라보던 내 등 뒤 물레방아도

한 여름 물살 회전回轉꽃으로 피고 있다

안개 서린 호수

실크 옷자락에 아른대는 살빛

내 발자국 소리에
옴찔거리는 수줍음

놀랜 숨소리에
희끄무레 부들대는 이슬방울

바람이 불 때마다
몸은 어쩔 수 없는 문명文明에 노출되는 선정煽情인가

서캐훑이 같은 안개 발 틈 사이로
나 또한 눈빛 힐끗거리는 속기俗氣

끝내 옷을 벗기는 오만한 햇살과

내 어깨 힘이 빠진 흔들림

호수는 끝내 서푼대는 알몸으로 손을 든다

회화나무 광장

키가 크다고 이마를 툭 치고 지나가는
호수공원의 바람기들

촌에서 강제로 떠나온 쓸쓸한 이민살이에
고향을 그리다가 키만 커버린 회화나무 광장

고향 싸리문 앞
개 짖는 소리나
술 참 때쯤 용마루의 수탉 울음소리에
귀를 기울이다 키만 커버린 회화나무 세월

8월의 뙤약볕에 헐떡이는
황백색黃白色 꽃이
오늘도 마음 붙일 곳 없어 바람소리만 심심하다

호수공원 물레방아

호수공원 물레방아는
아날로그 사발시계 속 태엽

뒷동산 숲 속 산까치는
톱니바퀴 소리로 째깍거리고

일산 사람들 시침 분침으로
땀방울 송알송알 시계바늘로 돌고 있다

시간을 보며 돌기 시작하는 사람
일몰을 밟으며 집으로 돌아가는 사람

모두가 일산 호수공원 사발시계 속
부푼 물레방아 물살로 꿈 속에 돌고 있다

호수공원의 낮

불달은 몸을 호수에 담구어낸

태양太陽의 톱니바퀴

공원을 조각하는 끌질소리

호수공원의 밤

내일을 잉태하는 방짜 징소리 같은 어둠

피륙으로 덮두들기는 고운 꿈

휴식의 무대

호수공원의 하늘 끝

신석기시대 자포니카 벼농사를 짓던
우리 선조들의 하늘 끝이
오늘날의 크리스털을 생각해냈었겠지요

지금 자유로를 누비는 다이옥신이
이따금 하늘 끝을 흐리게 할 때마다
'기와지' 때 하늘 끝이 떠오르곤 하는 것을

우리 선조들의 기상은 논 가운데 뜸북이처럼
호수공원의 하늘 끝을 날았었겠지요

기와지 : 호수공원 전통정원 자포니카 출토지 옛지명

자포니카의 하늘

4천 3백여 년 전 우리 선조들이 자포니카의 벼를

심다가 뭉클한 흙냄새에 허리를 펴고 멀리 바라보던

저 숨소리의 푸른 하늘이 오늘 내가 문득 호숫가에

내려앉아 노는 그때의 숨소리를 듣게 된 이 경이驚異로움

이 또 우리 후손들에게 나처럼 바라보게 될 머언 훗

날의 저 푸른 하늘이 얼마나 경외敬畏로울 것인가를 생각

케 하는 자포니카의 하늘이 오늘따라 눈물이 나도록

신비롭기만 하다

자포니카: 신석기 시대 〈기와지〉에서 출토된 볍씨

배롱나무

호수의 물빛 면경面鏡을 자주 보는

도장밥 연지 볼

내 마음 우지직 꺾어놓는 그 야성적 도화살

고향 집 뒷동산

대밭 솔밭 빽빽한 사이에서

늦여름 얼굴 숱해 바꾸는 질투심 같아

내 속 바람기 또 도지게 하는고나

붉으락 푸르락 촌티 나는 정절貞節이

나는 좋더라

미역취꽃

어린이와 애견愛大 사이에서
고무풍선이 놀고 있는 모습이 예뻐서
부안교 옆에 핀 미역취꽃이 둥글넙데데 웃고 있다

배꼽이 보일 듯한 신식 어머니가 요염하게 핀 미역취꽃에
카메라 셔터만 눌러대는 모습을 보고
가을 햇살이 호수 위에 웃어대며
물빛 채광採光을 깔아주는 정오

나는 의자에 납작 숨죽인 잠자리처럼
젊은 여인의 깊은 눈빛에 녹아들고 있었다

가을 잠자리

그녀의 깊디 깊은 아이섀빛 가을 하늘에
속눈썹을 수 없이 말아올리는 마스카라 가을 잠자리

한 번 말아올리고 거울 보고
뒤돌아서서 둠벙 같은 거울 속 욕심에 빠지고

너는 가을 내내 왔다갔다
하루해를 녹인다

꿈속에서도

기다리기에 힘든
마음은 벌써 중천에 떠 있고

달빛이 웃으면 물춤으로 너울지는 숲

일산 사람들 기러기의 달빛 맞으러
꿈속에서도 부안교의 달빛을 밟네

호수공원의 두루미

심심해서 걷는 것인지
걸어서 심심해지는지

미꾸라지 한 마리 먹고
발길 띄엄띄엄 장서長書의 안부를 쓰고 있다

녹슬은 철조망의 비명 정도로는
하늘도 속수 무책이라는 빛깔

오늘따라 하늘빛에 풀린 내 마음을
철조망 안에 놓고 싶다

평류교 萍柳橋

인기척 썰물에 새벽 개구리 울음소리

평류교 밑 썸벅거리는 부평초
서로 살결 부비며 달빛에 부들대다

개구리와 부평초의 오싹한 사이에 서서
경련을 일으키는 평류교

옆에 모꼬진 미역취꽃도 굽어보고 글썽거리는데
나도 밤 내
개구리밥 담홍색꽃 부평초로 울고 싶다

평류교 : 일산호수공원 월파정 뒤에 있는 수중교

부안교 鳧雁橋

월파정 물그림자에 놀래

날아가 버린 가창오리

물무늬로 수놓은 금침 衾枕

부안교의 허리에 감기는

철없는 보름달

신방인 듯 가쁜 문풍지소리

내 가슴 웬 설렘인가

부안교 : 일산호수공원 월파정 앞에 있음

호수공원 일몰

월파정月波亭 해으름 사랑의 연민에

그렁한 일몰이 서녘 하늘 홍도화紅桃花 빛으로 번지다

눈치 빠른 바람기들은

호수 위 달빛 면경面鏡이고

밤 기러기 한 수 더 떠

양귀비 뜨물 같은 홍분을 면경에 싸고 간다

심야深夜의 월파정月波亭 트럼펫 소리

심야深夜의 월파정月波亭에서

재즈를 뽑아내던 흑인黑人의 트럼펫 소리

아마존 강바람으로 울었다

호수에 쌓여만 가는 트럼펫 소리에 뽑히는 명주실 달빛

여기저기서 수군수군

갈대 바람 같은 도깨비 발자국 소리가

눈짓을 살피는 듯 싶었다

호수공원 갈대꽃

햇살은 손목을 잡아당기고

늪은 발목을 끌어당기고

바람이 불면 또 운다

호수 위에 흔들리는 수련

칼바람이 일시에 갈대밭 목을 흔들고 나서
수련의 낯붉힌 이마에 입술을 대보다
일체 갈대밭 추한 귓속말 물로 닦아내라 하다

호수 위에서 흔들리는 수련의 공주병에
내가 폭 빠지는 이유를 알 수가 없다

호수공원의 새벽

아이들 눈치레로

어둔 이불 홑청 걷히기에 두수없어라

새벽바람에도 내 얼굴 불달다

근육을 다지는 달굿대질

호수공원 숫눈길

눈 덮어버린 막사발 호수공원 숫눈길

백서白鼠 같은 강아지가

빨강 스리피스로 무장된 비대한 소녀를 끌고 달린다

백매白梅 꽃송이 같은 강아지 발자국을 피해 가는

운동화 발자국 소녀少女의 마음이

내 마음 속에서도 설화雪花로 피고 있다

호수공원 꽃샘잎샘

하늘과 호수가 계절을 시샘하는 빛의 틈새에 끼어

섬뜩 밀려오는 봄의 칼날

내 봄 스웨터의

성급한 목 단추도

세트포지션으로 사르르 떨다

호수공원은 시방 화려한 무질서 상태

달맞이섬

달맞이섬에 오면

억새꽃이 갈대꽃 손목을 잡고

늪에서 육지로 끌어 올리는 사랑을 배울 수 있다

여기는 사방에 널려 있는 자연의 비밀이 숨어 있는 곳

나도 달맞이 섬에 오면

눈 딱 감고 둥근달을 가슴에 안아버린다

눈 내리는 호수공원

눈 속에 묻히는 큰 백자白瓷 항아리

눈은 내려서 항아리에 쌓이고
시간은 눈을 재촉하고

사람들이 항아리의 시계時計바늘로 돌면
눈은 시간보다 더 쌓이고
사람들이 시계바늘 반대로 돌면
눈은 시간을 항아리 속에 묻어버린다

눈 속에서는 하늘보다 더 큰 항아리의 입

애견愛犬과 함께 백목련꽃 발자국을 내는 사람들

호수공원은 눈을 퍼붓는 대로 삼키는
욕심 많은 을유년乙酉年의 적설량

호수는 보면 볼수록 눈 속에 파묻히는 백자白瓷 항아리

달빛 철벅대는 호수

울어마이 이마에 물동이 새벽 숫물 찰싹거리듯이
밤마다 달빛이 철벅대는 일산 호수

울어마이 이마를 빼다 박았다는
내 이마에서 그때의 숫물 같은 달빛을 씻어본다

울어마이 생각에 빠진 슬픈 내 눈시울에서
달빛이 한없이 선뜻거린다

볍씨출토기념비

한강 하류의 젖줄

어머니의 겨드랑 땀냄새 풍기는 민족문화의 평야지대

신석기 때부터 농경생활 중심지

'기와지'에서 출토된

4천 3백여 년 된 보석 같은 볍씨

한반도 최고最古의 자포니카 쌀 재배지였음이

샛별처럼 뜬 위엄

내 몸은 온통 그때의 뙤약볕으로 타고 있었다

기와지 : 호수공원 전통정원 부지

잔설殘雪

누가 흘리고 떠난 흰 목도리 한 자락

하늘의 흰구름 그림자가 뒤돌아보고

아직도 목이 시린 햇살이 기웃기웃 손짓이다

들켜버린 달빛 호수

새벽녘 호수공원 조기운동에 나서면
보름달이 내려와 놀다 호수 품속에 안기는
그 간사스럼이 내 눈에 들키다

나는 왜 내게서 숲 산봉우리로 넘어가 버린
달빛 같은 그 얼굴이 떠오르는지

절하는 사람 Boing People
— 1997 김영원

"앉아서 보십시오"

영원永遠의 끝이 보입니다

진을주 시인 약력

*생년월일 : 1927. 10. 3.
*본관 : 여양, 아호 : 자회(紫回)
*출생지 : 전북 고창군 상하면 송곡리 69번지
*본적 : 서울시 은평구 대조동 165 - 21호
*현직 : 지구문학 고문, 시인
*직장 : 서울시 종로구 종로2가 39. 뉴파고다 B/D 215호
      전화 : 02-764-9679
*배우자 : 김시원(본명 : 김정희)
*자녀 : 동준. 경남. 인욱
*생활철학 및 좌우명 : 정직, 성실, 화목
*가훈 : 기회는 날으는 새와도 같다. 날으기 전에 잡아라
*학력 : 1954년 전북대학교 국문학과 학사

경력 및 사회 활동

1949년「전북일보」통해 작품 발표, 문단활동
1963년『현대문학』시 〈부활절도 지나버린 날〉(김현승 추천)
1970~1995 한국문인협회 이사
1989~1993 월간『문예사조』기획실장
1991~1992 한국자유시인협회 부회장
1991~2000 국제펜클럽 한국본부 이사
1994~현재 도서출판 을원 편집 및 제작담당 상임고문
1996   21민족문학회 부회장
1996~1998 한국문인협회 감사
1996   월간『문학21』고문
1998~현재 도서출판 지구문학 편집 및 제작담당 상임고문
1998~현재 『지구문학』상임고문
1998~2000 한국민족문학회 상임고문
1998~현재 세계시문학연구회 상임고문
1999~2000 한국문인협회 이사
2000~현재 러시아 국립극동대학교 한국학연구소 자문위원
2001~2003 한국문인협회 상임이사
2002~   한국시인협회 자문위원
2002~   왕인문화원 고문

2003. 7. 31.   한일문화선상대학 수료
2005. 3. 14.   (사)국제펜클럽 한국본부 제32대 자문위원
2005. 5. 2.   제3회 송강정철문학축제위원회 위원장
2006. 10. 7.   국제문화예술협회 특별고문
2007.   (사)한국문인협회 제24대 고문
2008.   (사)한국현대시인협회 고문

수상내역
1987년 한국자유시인상 (시집《사두봉 신화》)
1990년 청녹두문학상 (시선집《부활절도 지나버린 날》)
1990년 한국문학상 (시집《그대의 분홍빛 손톱은》)
2000년 세계시가야금관왕관상 (시〈말 타고 고구려 가다〉)
2003. 12. 15. 예총예술문화상 공로상
2005. 2. 3. 한국민족문학상 대상 (시집《그믐달》)
2006. 12. 20. 국제문화예술상 대상 (시〈월파정〉)
2008. 1. 29. 고창문학상 수상

주요작품 및 발표지
1998년 〈바다의 생명〉 지구문학
1999년 〈금강산〉 지구문학
1999년 〈1999 무안연꽃 대축제〉 지구문학

시집
1966년 제1시집《가로수》교육출판사
진을주 신작1인집 발간
1968년《M1조준》문고당
1968년《도약》문고당
1969년《숲》문고당
1969년《학》문고당
1983년 제2시집《슬픈 눈짓》보림출판사
1987년 제3시집《사두봉 신화》사사연
1990년 제4시집《그대의 분홍빛 손톱은》혜진서관
1990년 제5시선집《부활절도 지나버린 날》이슬
2005년 제6시집《그믐달》을원
2008년 제7시집《호수공원》지구문학

진을주 시집

호수공원
·

지은이 / 진을주
펴낸이 / 김정희
펴낸곳 / **지구문학**

110-122, 서울시 종로구 종로2가 39 뉴파고다빌딩 215호
전화 / (02)764-9679
팩스 / (02)764-7082

등록 / 제1-A2301호(1998. 3. 19)

초판발행일 / 2008년 7월 25일

ⓒ 2008 진을주 Printed in KOREA

값 10,000원

E-mail/jigumunhak@hanmail.net

※잘못된 책은 바꿔드립니다.
※저자와의 협약으로 인지는 생략합니다.

ISBN 978-89-89240-21-1 03810